O CHEIRO DA MORTE
E OUTRAS HISTÓRIAS

Ieda de Oliveira

Ilustrações
Alexandre Teles

Editora Biruta
2010

O Cheiro da Morte

Copyright © Ieda de Oliveira
Copyriht ilustrações © Alexandre Teles

Revisão: Mariana Mininel e Elisa Zanetti
Editoração Eletrônica e projeto gráfico: Monique Sena
Coordenação Editorial: Elisa Zanetti

1ª edição -- 2010

Dados Internacionais de Catalogação na Publicação (CIP)
(Câmara Brasileira do Livro, SP, Brasil)

Oliveira, Ieda de
O cheiro da morte e outras histórias / Ieda de Oliveira.
-- São Paulo: Biruta, 2009.
ISBN 978-85-7848-045-5
1. Contos - Literatura infantojuvenil
I. Título.

09-12729 CDD-028.5

Índices para catálogo sistemático:
1. Contos : Literatura infantojuvenil 028.5
2. Contos : Literatura juvenil 028.5

Edição em conformidade com o acordo
ortográfico da língua portuguesa.

Todos os direitos desta edição reservados à
Editora Biruta Ltda.
Rua Coronel José Euzébio, 95 Vila Casa 100-5
Higienópolis CEP 01239-030
São Paulo, SP Brasil
Tel (011) 3081-5739 Fax (011) 3081-5741
E-mail: biruta@editorabiruta.com.br
Site: www.editorabiruta.com.br

A reprodução de qualquer parte desta obra é ilegal e
configura uma apropriação indevida dos direitos intelectuais
e patrimoniais do autor.

CONVERSA COM O LEITOR

Você já observou que existem umas coisas assustadoras que nos acontecem e para as quais não encontramos respostas? Pois é, isso vive acontecendo comigo. Neste livro, conto algumas histórias vividas por mim, outras, por conhecidos meus, que revelam aspectos irônicos, ocultos e sinistros da nossa existência.

SUMÁRIO

Campo Santo * 9
O Elo * 23
A Vinda da Nonna * 29
A Mudança * 35
A Dama do Sertão * 43
Uma Relação Perigosa * 51
O Cheiro da Morte * 61
O Pranteador * 69
O Dia em que Amadeus Desceu do Céu * 77

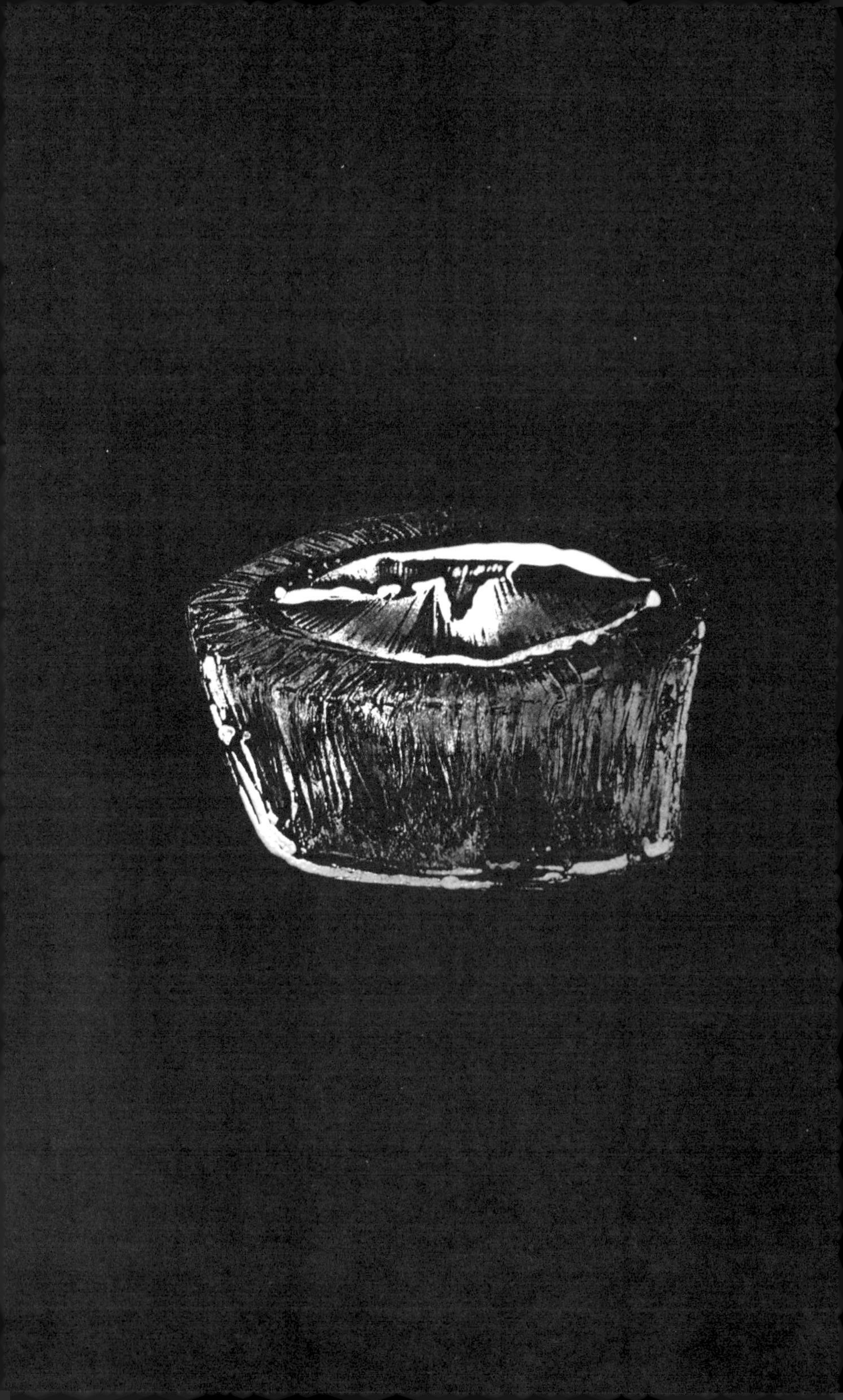

esquentar sua quentinha

CAMPO SANTO

Tudo aconteceu no Campo Santo, o cemitério mais antigo da cidade. Outrora localizado entre verdes e belas montanhas, fora a última morada dos endinheirados e dos bem-sucedidos. Rico que se prezasse era enterrado, ou melhor, sepultado nele. Repouso eterno no C.S, como era chamado pelos mais sensíveis, evidenciava requinte e bom gosto.

Mas com o tempo e a explosão demográfica, o verde foi substituído por barracos de tijolos, e o suave canto dos pássaros por rajadas de AR15. Esse fato e os contínuos assaltos às famílias e amigos dos mortos, acabaram por provocar mudança de clientela e de rotina. Com novo horário, os já não tão nobres falecidos que fossem pernoitar nas capelas ficavam sozinhos, sem velório, já que às 18 horas as atividades eram encerradas e só no outro dia, às 7 horas da manhã, o Campo Santo era reaberto.

Os únicos que permaneciam por lá, fora desse horário, eram o Erivaldo, o coveiro, e o segurança Valdir. Foi deles que ouvi essa estranha história.

Contaram que tudo aconteceu de forma inesperada numa noite de Fla/Flu.

O cemitério sempre fora para eles um refúgio de sossego.

Para o Erivaldo, que já trabalhava como coveiro ali desde o período áureo, era questão de hábito. Se acostumara com o trabalho e dizia que se entendia muito bem com os mortos. Orgulhava-se de ter enterrado muita gente rica entre políticos e artistas famosos. Por bons serviços prestados, era hoje o chefe dos coveiros. Sua família toda morava no nordeste, por isso o Campo Santo era sua casa.

Para Valdir, que passava o dia inteiro em pé como segurança de um banco, a melhor hora do dia era a de ir para o cemitério bater um papo, ver um filminho e descansar. Esse era seu trabalho ali. Bom mesmo é quando tinha futebol. Ele era mengão doente e o Erivaldo também. Nesses dias costumava tomar até uma cervejinha. Confiava que o Erivaldo, companheiro de torcida, jamais contaria para ninguém.

E foi num dia em que o cemitério teve intenso movimento, com todas as capelas ocupadas com muitos defuntos pernoitantes e uma multidão de parentes e amigos, que o fato aconteceu.

Já havia passado das 18 horas e as pessoas ainda não haviam saído. Como bom funcionário que era, Erivaldo não podia demonstrar para as famílias dos mortos sua ansiedade de que fossem logo para suas casas e só voltassem no outro dia para o enterro. Ficava calmamente aguardando que os inúmeros chorosos fossem saindo um a um.

Às 19 horas chegou o Valdir com um embrulho na mão e um sorriso no rosto. Assim que viu Erivaldo, falou baixinho:

– Aí, disfarça e guarda a cervejinha para logo mais. É hoje que a gente acaba com esse time pó de arroz. Vem cá, já não era hora de ter fechado?

– Pois é, rapaz. O negócio hoje está complicado. É defunto que não acaba mais. De noite vou ter um trabalhão de olhar capela por capela.

– Aí, cara. A gente vê o jogo e depois pensa nisso. Não tem pressa mesmo!

– É, isso é...

Demorou bastante tempo até que saíssem as três últimas chorantes: uma viúva e suas duas filhas. Aí sim, Erivaldo pode fechar o portão e ir tomar seu banho, pegar a cerveja que Valdir já tinha colocado na geladeira, esquentar sua quentinha e, feliz, ir jantar diante da televisão vendo seu Mengão jogar.

Enquanto isso Valdir, ora sentado, ora em pé, só fazia esfregar as mãos enquanto via na televisão o locutor dar detalhes dos jogadores que iam entrar em campo. Nas mãos nervosas, um copo de cerveja, que ia engolindo vorazmente. Erivaldo, sentado à mesa, com os olhos colados na TV, degustava, entre um gole e uma garfada, seu jantar.

Assim que foi dado o início à partida, Valdir parou de se mexer e ficou de olhos atentos vendo o jogo, até que, sem que tivesse tempo de entender muito bem como, o Fluminense fez o primeiro gol. Aí, ele se levantou, soltou um palavrão, xingou o juiz e, antes que acabasse o xingamento completo, o Fluminense fez o segundo gol. Foi aí que ele xingou mesmo. Sobrou até para a mãe do técnico, do bandeirinha e da torcida. E foi no meio de seu desespero que o time arqui-inimigo acabou fazendo o terceiro gol. Isso foi demais. Ele levantou furioso chutou a cadeira, deu um murro na mesa, e gritou a plenos pulmões:

– O que é que é isso, cara? O que é que está acontecendo com o Mengão?

– Home-rapaz, isso dá é muita raiva na gente mesmo, mas vê se não quebra minhas coisas.

– Ah, foi mal, cara. Mas vou te falar: se não trocar esse goleiro, não dá. O cara é muito ruim, pô!

– Se é! Vamos ver se no segundo tempo essa porqueira de jogo melhora.

Pouco depois, o locutor anunciou o fim do primeiro tempo!

Valdir levantou e foi reclamando ao banheiro. Erivaldo aproveitou para jogar o resto da quentinha fora. O jogo tirara seu apetite.

Quando foi reiniciada a partida, retornaram a seus lugares. Os dois sofredores esperançosos aguardavam nervosamente a

virada do jogo, quando um jogador do Mengão fez um gol contra. Aí a revolta foi geral. A torcida começou a deixar o estádio sob protesto e o Valdir descontrolado xingou todos os palavrões que sabia, no que foi acompanhado pelo Erivaldo:
– Filho de uma égua! Como é que esse desgraçado fez isso!
– Esse mané não tinha de ter sido escalado. O cara é meio de campo, pô! O que é que tinha de estar jogando no ataque?

E o jogo não melhorou até o final e o Mengão acabou perdendo de quatro a zero para o arquirrival Fluzão. Valdir e Erivaldo, inquietos e revoltados assistiram a todos os comentários dos especialistas sobre o fracasso do jogo. Por volta da meia-noite, frustrados e sabendo que no outro dia teriam de aguentar a gozação dos colegas, desligaram a televisão. Erivaldo foi fechar a porta das capelas e os caixões que tinham ficado abertos. E Valdir foi tomar um cafezinho da garrafa térmica enquanto ouvia em seu radinho mais notícias sobre o jogo.

Seguindo seu ritual de todo o dia, Erivaldo foi de capela em capela fechando os caixões e todas as portas. Quando chegou à última, viu flores espalhadas pelo chão e um ar de bagunça. Entrou intrigado e, quando chegou perto, viu, assustado, que o morto tinha sumido.

Apavorado, saiu gritando pelo segurança.
– Valdir, Valdir, o defunto sumiu!
– Defunto? Que defunto, cara?
– O que estava lá na capela trinta. Home-rapaz, onde é que pode estar o falecido? Será que a família levou ele pra casa?
– Eu é que vou saber? Você que é coveiro é que entende de morto. Será que o cara não é zumbi? É, eu vi um filme assim! O morto saía do chão com a boca cheia de terra, não tinha olho, e vinha em cima de todo mundo.
– Para com isso. Quer me assustar, peste? Temos de vasculhar o cemitério todinho. Defunto não pode sumir! Que

conta que nós vamos dar amanhã para o diretor, já pensou? Nós vamos é perder o emprego.

– Aí, Erivaldo, será que não foi algum mané da Faculdade de Medicina, aqui da rua, que roubou o "presunto" enquanto a gente via o jogo?

– Nem me fale uma desgraceira dessas.

– Vamos vasculhar esse cemitério todinho. Se esse defunto não aparecer, nem sei como é que vai ser.

Com uma lanterna nas mãos os dois iniciaram a busca. Depois de percorrerem toda a galeria das capelas, desceram as escadas que davam acesso aos túmulos.

– Cara, mas este cemitério é grande pra caramba. Troço sinistro. Você não acha que deviam iluminar mais?

– Acho. Eles pretendem aumentar o número de postes, mas ainda não fizeram nada.

De repente escutam um assovio, e Valdir leva a mão na arma.

– Você escutou isso, cara?

– Ouvi, parece que vem daquele canto lá. Vamos chegar mais perto.

Com a respiração ofegante, os dois vão cuidadosamente se aproximando. De repente param. Como que flutuando sobre um túmulo junto ao muro está um homem de terno preto.

– Cara, pelo amor de Deus, que é que é aquilo?

– Meu padrinho Cícero, acho que é o defunto! Meu Deus do céu!

O homem do terno preto levantou a mão e começou a fazer um lento sinal para que os dois se aproximassem.

– Vixe que o morto tá chamando a gente!

– A gente não, tá chamando é tu que é o coveiro.

– Mas a gente devia ir lá!

Eu? Mas nem morto que eu vou, cara.

– Home-rapaz, mas você é o segurança?

– É, mas não sou pago para isso não, Mané. Vou é me mandar daqui.

Nesse momento o falecido começa a vir em direção a eles. À medida que se aproxima, os dois podem ver que ele está de meias e sem sapatos. Aí eles desandaram a correr. Foi então que o morto começou a correr atrás deles gritando:

– Ei, não corre não, vem cá! Quero falar com vocês!

Foi com muito custo que resolveram parar. Estavam arfando. O morto então se aproximou e, com a fala meio mole, pediu aos dois:

– Aí, arranja uma branquinha e um fumo pra mim.

O segurança apavorou-se ainda mais.

– Cara, vamos embora que isso é espírito, é povo de rua, é coisa ruim.

O defunto meio ressentido se dirigiu a Valdir:

– Pô, qual é meu irmão, também não precisa ofender. Olha minha situação... Acordo dentro de um caixão, no cemitério, doido pra tomar uma branquinha e tu ainda me chama de povo de rua? Sacanagem, meu....

Completamente atônito, Erivaldo perguntou:

– Mas home-rapaz, como é que você foi parar no caixão?

– E eu sei lá! Só lembro que estava vendo um jogo e tomando minha branquinha e aí não lembro mais nada. Acordei no meio da capela.

– E agora, Erivaldo, que é que a gente faz? É melhor ligar pra família vir buscar o cara.

– Mas está tarde, vamos assustar todo mundo, home de Deus!

O morto resolveu interferir na conversa para tranquilizá-los.

– Não precisa se preocupar com a hora não. As meninas dormem tarde. Uma hora dessas a Gininha nem chegou ainda. Ela trabalha na noite. A Bel deve estar vendo filme com a mãe.

– Se é assim, é melhor resolver isso de uma vez, ponderou Erivaldo.

Foram todos para a administração do cemitério. Eram duas horas da manhã quando o coveiro ligou para a família. Atendeu a filha cheia de sono. Quando ele contou o ocorrido, ela começou a chorar emocionada. Disse que ia chamar a mãe e pediu para ele mesmo dar a notícia.

– Senhora, aqui é o Erivaldo, coveiro do Campo Santo. Desculpe-me ligar a essa hora, mas é para lhe dar uma ótima notícia. O seu marido está vivo!

Depois de um silêncio a esposa perguntou:

– Como assim?

– Pois é, minha senhora, seu marido não está morto, está vivo.

– Vivo? Como o senhor pode saber que ele está vivo?

– Minha senhora ele está aqui do meu lado esperando a senhora vir buscar.

– Eu, o senhor ficou doido? Eu não vou de jeito nenhum. O senhor está dizendo que esse traste desse cachaceiro está vivo, pois eu lhe digo que ele está morto. Aqui em casa esse pau d'água não entra de jeito nenhum. Eu entreguei ele aí morto e quero ele mortinho do jeito que eu entreguei. Se vocês ressuscitaram ele, o problema é de vocês. O senhor se vire que amanhã eu estou aí, bem cedo, pra enterrar esse vagabundo.

– Mas minha senhora, o home tá vivo!

– Problema seu. Amanhã o enterro vai sair de qualquer jeito. Já paguei cova, flor, caixão, tenho atestado de óbito e não vai ser o senhor que vai me prejudicar.

– Mas minha senhora, eu não posso enterrar o homem vivo!

– Olha aqui, o senhor presta bem atenção. Amanhã eu vou praí com o Marcelinho Micro-onda. O senhor conhece?

– É já ouvi falar, madame.

– Pois é, então tá sabendo que ele é o dono aqui do morro e

é pra ele que o senhor vai dizer que não enterra esse cachaceiro. É bem certo do Marcelinho dar um jeito de o senhor ir no lugar desse morto safado. E não esquece não, o enterro é às nove.

Falando assim, a esposa bateu o telefone na cara do coveiro. Desesperado, ele contou a conversa que tiveram.

– E agora, home-rapaz, eu estou perdido. A mulher disse que vai trazer o Marcelinho Micro-onda pra acabar comigo, se não tiver enterro.

– Marcelinho? Aí, maluco, não vou enganar, não. Tu tá ferrado.

– O que é que eu faço, Valdir?

O segurança levou a mão na cintura e disse:

– Aí, não sei não, cara...

O morto se pôs a chorar e, levando as mãos à cabeça, começou a dizer que era um infeliz, que a mulher era uma cascavel e que Valdir e Erivaldo podiam ter piedade e arranjar pelo menos um golinho da branquinha pra ele esquecer a desgraceira de vida que era a dele. E chorou, mas chorou tanto que o coveiro resolveu buscar uma garrafa de cachaça que tinha guardada e deu para ele. O ex-defunto bebeu de vez pelo gargalo, dando em seguida um estalo com a língua. Parecia beber água. O coveiro se surpreendeu.

– Home-rapaz, mas você parece esponja!

– Aí, vou te falar, Erivaldo, pra morrer e não ser defunto e beber desse jeito, só tendo parte com o capeta.

– Se tem ou não tem parte, Valdir, não me interessa. Eu quero saber é como que eu vou enterrar esse sujeito vivo.

– Só se você der sumiço no cara. Ele já está morto mesmo!

– Que sumiço, você está maluco?

– Ué, é uma ideia. Melhor que encarar o Marcelinho.

O defunto cachaceiro, que até então estava calado, interveio:

– É, cara, tá maluco? Eu sou teu amigo. Me dá um abraço...
E com um bafo terrível de cachaça tentou abraçar o Valdir, que reagiu:
– E, qual é, tá me estranhando? Sai fora.
– Ai, hoje não é meu dia. Depois de ver o Mengão perder de quatro a zero, ainda ter que aturar defunto bêbado!
Ao ouvir as palavras de Valdir, o ex-morto arregalou os olhos e perguntou:
– Quatro a zero, pra quem?
E Valdir respondeu entre os dentes:
– Para o Fluminense - Cuspindo em seguida no chão.
O morto arregalou os olhos e, diante do olhar perplexo de Valdir e Erivaldo, levantou as mãos para o alto e começou a berrar a plenos pulmões:
– Nense!.....Nense!.....Nense!...
– Eu não estou acreditando. Eu vou encher a cara desse sujeito. O desgraçado além de tudo é Fluminense! Eu mereço, cara, eu mereço....
Enquanto Valdir xingava, o defunto feliz só fazia pular e gritar:
– Nense!... Nense!...
E pulou e gritou tanto que caiu desmaiado.
– Pronto que o morto morreu de novo.
– Que morreu que nada Erivaldo, isso é só cachaça. O cara bebeu a garrafa toda. Então, acho que já sei o que a gente tem de fazer. Vamos chamar a Patrulhinha e eles levam esse cara para a delegacia. Se a gente não pode matar e nem enterrar, pelo menos prende o safado.
– Mas e o enterro, Valdir?
– Sei lá. A gente chama a patrulha e vê como é que fica.
No outro dia, às 8 horas, a chorosa viúva e suas filhas chegaram ao cemitério em companhia do chefe do morro. Foram diretamente para a capela. Diante do caixão fechado

encontraram Erivaldo muito pálido e pensativo. Ao se aproximarem ele, muito respeitosamente, se dirigiu à viúva:
— Meus pêsames, madame. Sei da tristeza que a senhora está sentindo e o quanto a senhora gostaria de se despedir do falecido, mas, infelizmente, por motivo de força maior, precisaremos manter o caixão fechado até a hora do enterro.

A viúva trocou um olhar com Marcelinho e disse prontamente que compreendia e que Erivaldo não se preocupasse. Aos poucos começaram a chegar os amigos e parentes. Ela atendia a todos com ar desconsolado. Depois de passado algum tempo, Erivaldo apareceu dizendo que estava na hora do enterro. A viúva então iniciou seu discurso pranteado:

— Ah! Higino, meu companheiro querido de tantos e tantos anos.

E aumentando gradativamente a altura do choro, continuou:

— Como é que você foi me deixar assim, meu amor...

Mais alto ainda soluçou:

— Não vá, meu amor, fica comigo. Não sei viver sem você!

E quando Carlos, o melhor amigo de Higino, e outros companheiros seguraram as alças do caixão para começar o cortejo, ela começou a berrar feito louca:

— Higino!!! Higino!!!! Não me deixe!!! Não me deixe!!!!!

Geninha, com olhos cansados, segurava a mãe enquanto parentes e amigos consternados acompanhavam a cena. Na porta da capela, Marcelinho controlava o movimento.

O cortejo lentamente chegou ao túmulo onde Erivaldo e dois coveiros aguardavam. Depois de gritos, lamentos e discursos a tampa foi lacrada pelo cimento mole e todos foram aos poucos se retirando.

O último a sair do local foi Erivaldo. Estava tão cansado pela noite passada em claro que mal conseguia se manter em pé. Assim mesmo teve de passar o dia inteiro sem poder descansar, supervisionando todos os inúmeros enterros. Às 18 horas Valdir chegou. Assim como Erivaldo, tinha a fisionomia cansada de um dia em pé no banco e de uma noite sem dormir. Não assistiram TV e pouco conversaram. Cada um foi para seu canto dormir. Por volta da meia-noite acordaram com um forte barulho no portão do cemitério. Assustados, foram ver o que estava acontecendo. Quando chegaram, ficaram estarrecidos. De terno preto ensanguentado e furado de balas, estava Higino caído no chão. Sobre seu peito um cartaz: completem o serviço. E a assinatura MM.

Foi o primeiro reenterro que Erivaldo fez na vida. Valdir, que ajudou a remover o cimento do túmulo, a retirar os tijolos de dentro do caixão e nele colocar seu legítimo dono, comentava quase melancólico:

– É, companheiro, menos um tricolor.

No outro dia, ainda sob o efeito do susto, do sono e da cumplicidade forçada, telefonaram para a delegacia para saber notícias. Foram então informados que Higino havia voltado para casa.

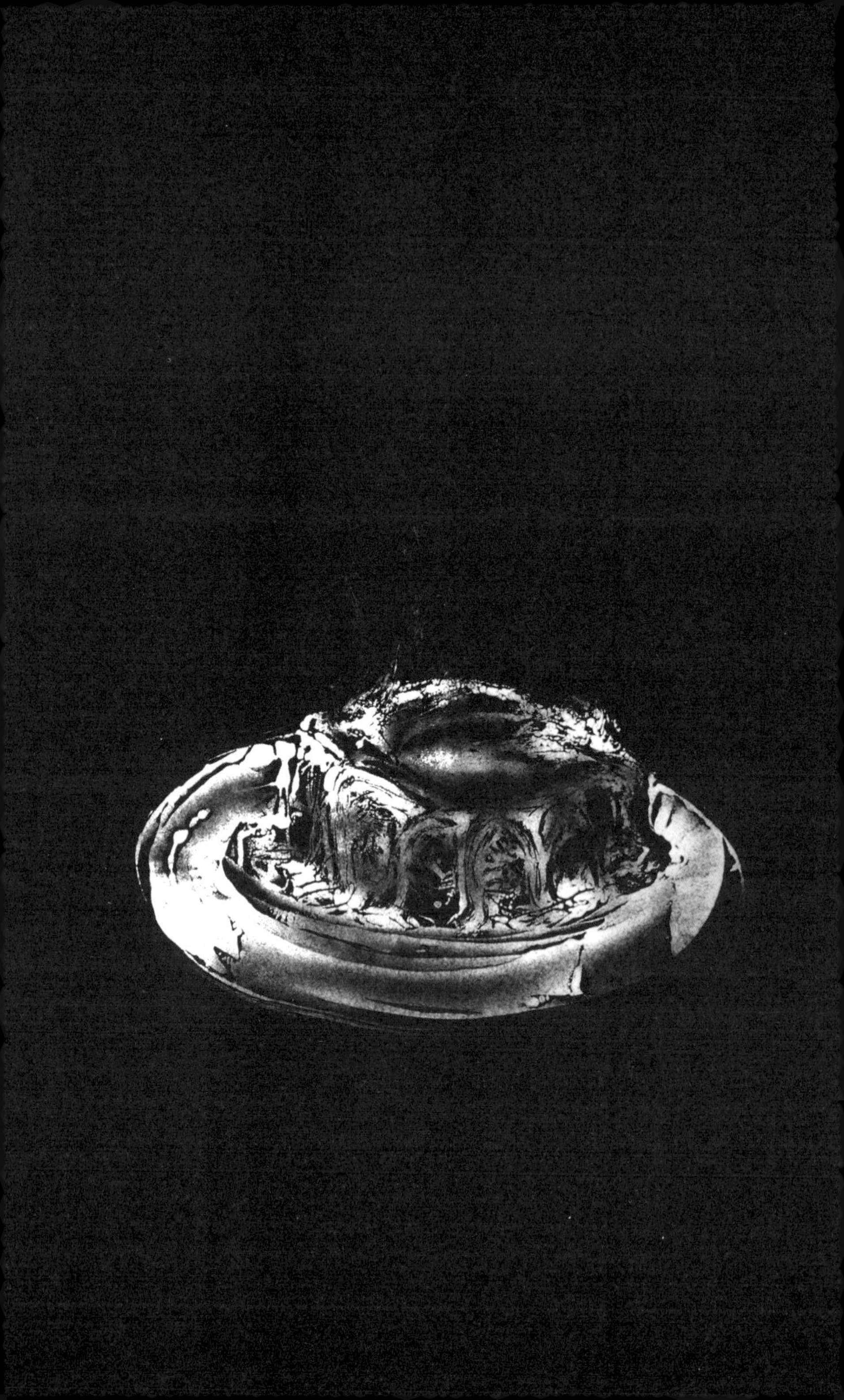

minha mãe coloco
lasanha no prato para
ntregar

O ELO

Éramos todas estudantes do colégio Paula Freitas. Minha irmã Laura, minha prima Clara e eu. Desde que perdera a mãe num acidente de carro, minha prima veio morar conosco porque o pai teve uma crise depressiva e sumiu no mundo. Na época Clara tinha dois anos. Minha mãe a criou como a nós. Com direito a amor, bronca e tudo mais.

Nos dávamos super bem, o que não era difícil tal a docilidade de Clara. Provocava em quem entrava em contato com ela um desejo incrível de fazer amizade. Era meiga, calma e nunca se cansava de ouvir a todos com atenção. Nunca vi minha prima criticando ninguém, ao contrário de mim, que sempre fui conhecida como língua afiada.

Minha irmã já era diferente. Mais velha que eu, era do tipo caladona. Vivia lendo e raramente deixava seus livros para se envolver no que quer que fosse. Vivíamos em harmonia.

Aconteceu certo dia que estávamos jantando. Lembro-me de que Antônia, nossa cozinheira, tinha caprichado na lasanha. Conversávamos enquanto nos servíamos animados. Minha prima era a única que não dispensava a mamãe de servir seu prato. Minha mãe adorava isso. E, seguindo o ritual diário, minha mãe colocou a lasanha no prato para entregar a ela. Aí aconteceu. Clara estendeu a mão e, em seguida, antes que o prato chegasse até ela, deu um grito, começou a tremer e desmaiou.

Ficamos atordoados. Minha mãe levantou e correu para cima dela, esfregando seu pulso e chamando por seu nome. Meu pai correu para o telefone e chamou o Dr. Carlos. Minha irmã e eu não sabíamos o que fazer. Antônia chorava.

Meu pai pegou Clara desacordada no chão e a colocou

na cama. A gente em volta olhando, esperando uma reação qualquer, que começou a vir aos poucos. Ela, sem abrir os olhos, com a voz em um som distorcido, começou a falar arrastadamente:

— Adeus... adeus...

Nesse momento a janela do quarto se abriu e um vento gelado invadiu tudo. As luzes se apagaram. Fiquei apavorada. Minha mãe, aparentando calma, mandou Antônia acender as velas para clarear um pouco a escuridão que se fez. A luz da vela realçava a palidez da minha prima. Ouvimos uma batida forte na porta. Nos olhamos instintivamente. Olhar de medo. Meu pai disse que devia ser o médico.

A vontade que tive foi de sair correndo dali, mas não conseguia. Meu pai caminhou até a porta e perguntou quem era.

Dr. Carlos respondeu que era ele. Respirei aliviada.

Meu pai explicou-lhe o ocorrido e ele começou a examinar Clara, cuidadosamente. Ela continuava imóvel. Depois de algum tempo, perguntou se alguma emoção forte ou algo especial aconteceu que a pudesse ter colocado naquele estado. Minha mãe disse que não, pois jantávamos normalmente e nada de diferente havia acontecido. Nesse momento a luz voltou.

Dr. Carlos disse que gostaria que meu pai levasse minha prima ao hospital para fazer exames detalhados. Não precisou falar duas vezes. Imediatamente meu pai pegou minha prima no colo e correu para o carro. Após acomodá-la, seguimos para o hospital.

Assim que chegamos, a equipe médica providenciou os exames. Ficamos aguardando na recepção. Depois de longa espera, um médico apareceu dizendo para todos que não tinha detectado nenhuma anormalidade, mas Clara continuava desacordada. Aconselhava sua permanência no hospital até que voltasse a si.

Minha mãe disse que ficaria com ela de acompanhante. E assim foi feito. Voltamos, meu pai, minha irmã e eu, para casa, com a promessa de retornar no outro dia bem cedo.

Não consegui dormir direito com tudo aquilo na minha cabeça. Acho que ninguém conseguiu, por isso acordamos tão cedo. Fomos para o hospital. Encontramos minha mãe séria e minha prima acordada. Foi aí que soubemos o que aconteceu. Clara disse que quando estendeu a mão para receber o prato, alguém com mãos frias segurou sua mão e sussurrou em seu ouvido:
– Adeus, Clara...
E ela não lembra de mais nada.

Fiquei assustada olhando para ela, mas não tão apavorada quanto quando chegamos em casa e recebemos a notícia de que o pai de Clara havia se suicidado, na noite anterior.

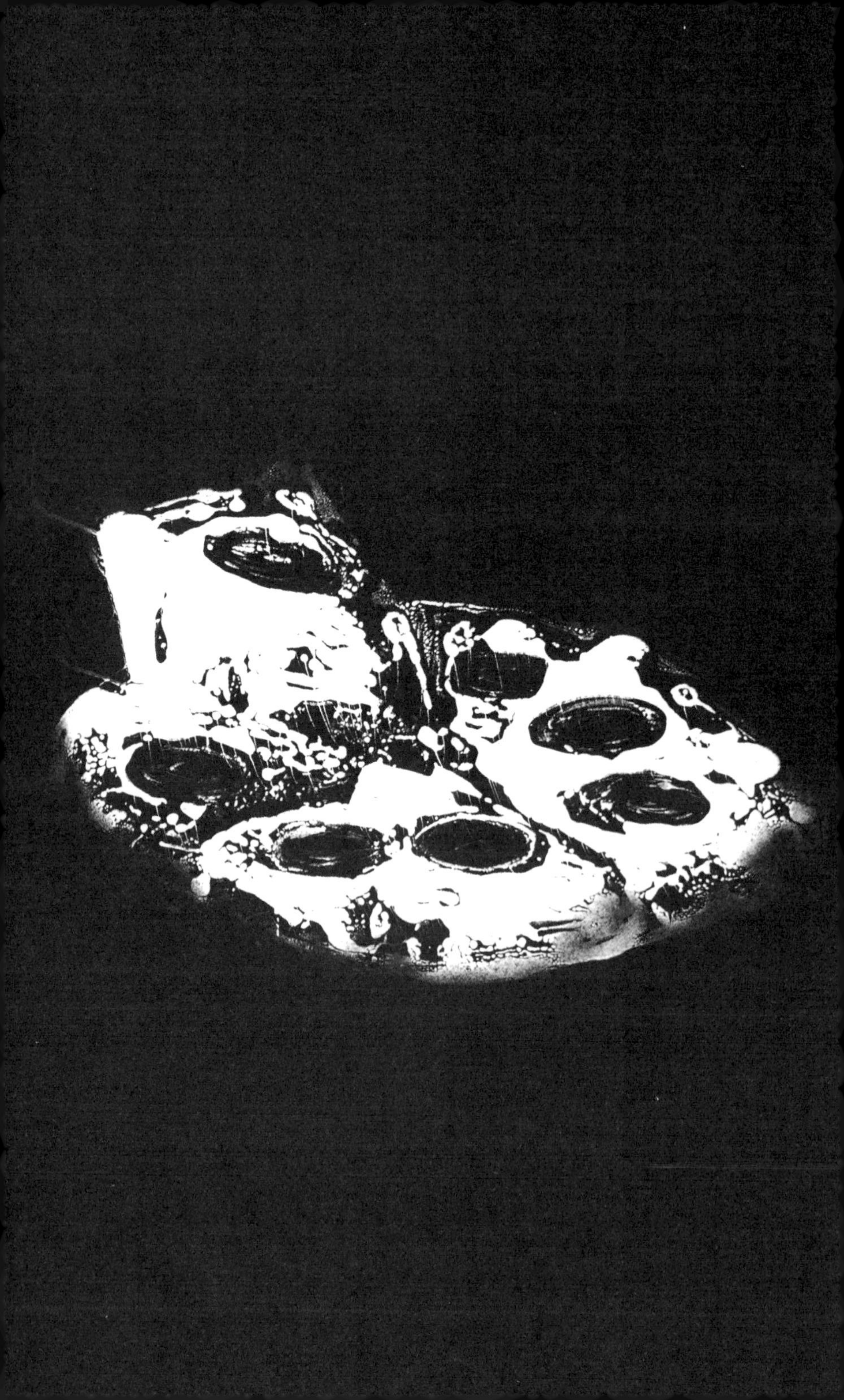

colocado sobre as pizzas

A VINDA DA NONNA

Dia de festa na família Barone. Tinha ouvido falar, mas não fazia uma ideia exata do que significava. Gritaria e discussões do mais agradável desentendimento que tinha presenciado. Incrível como todos conseguiam discutir tudo ao mesmo tempo.

A mãe, Dona Rosa, *La Mamma* para todos, na cabeceira da mesa comandava a comemoração. Tinha chegado da Itália uma cesta cheia de alimentos saborosíssimos. Salame, queijo, vinhos e um pote com um tempero especialíssimo que era colocado sobre as pizzas e saboreado vorazmente por todos.

Eu, convidado de Dom Giovanni, que havia conhecido há uma semana, mais apreciava que comia. Com um jeito bonachão, ele, muito à vontade, se punha a lembrar os tempos da Itália. Havia muitos anos que estava no Brasil. Tinha vindo rapazinho para trabalhar e fazer fortuna. Só tinha atingido o primeiro objetivo, e talvez por isso as lembranças da Itália fossem exageradamente choradas.

– Porca miséria! Quanta coisa boa deixei para trás!

– Ma come reclama, hc!

– Não estou reclamando, *Mamma*, mas sinto saudade, que faço?

– Ah, é sempre a mesma cosa. Cala a boca e come, dá graças a Dio.

– Isso mesmo, Giovanni, para de resmungar.

– E você não se meta, hem Sofia, cuida de comer calada.

Era extremamente curioso estar ali.

Entre brigas, ia sendo mapeada para mim a saga dos Barone. O pai, o velho Carlo Barone, havia morrido há dez anos. Veio para o Brasil com Dona Rosa e os quatro filhos, entre eles, Dom Giovanni, que tinha treze anos. No Brasil tiveram mais cinco filhos, de maneira que foi grande a luta pela sobrevivência. Trabalharam duro e hoje pelo menos tinha uma modesta, mas grande casa própria, onde moravam todos os Barones, brasileiros e italianos, com os respectivos genros, noras, sobrinhos e netos ao todo perto de trinta pessoas. Era sem dúvidas a casa mais movimentada do bairro, principalmente se se considerasse a facilidade que tinham de fazer amigos.

Eu era prova disso.

Na Itália, segundo disseram, a família era maior. Perto de duzentas pessoas, comandada pela matriarca adorada por todos, a *Nonna*. Do alto de seus noventa anos, a *Nonna* comandava inclusive os descendentes brasileiros, que a idolatravam.

Contaram que sempre recebiam da Itália aquelas cestas enviadas pela matriarca. Era sempre uma carta amorosa acompanhada de guloseimas. Adoravam. Desta vez, por algum problema que não entendiam, receberam apenas a cesta, sem carta. Aguardavam uma explicação para o fato. Enquanto isso, todos se deliciavam, inclusive eu, com as pizzas temperadas com um tempero especial vindo num pote com a cesta.

Depois de muito vinho, muito bate boca e muita alegria, fui para a casa feliz.

No outro dia, quando vi Dom Giovanni atravessando apressado a rua, fui atrás. Queria agradecer o dia agradável que havia tido. Quando cheguei perto, ele me olhou com um olhar de indescritível pavor e começou a gritar:

– Você também, você também!!...

– Eu o quê, Dom Giovanni, o que aconteceu?

– Uma tragédia, uma tragédia...

– Mas que tragédia? O senhor está me deixando assustado.

– Lembra da carta?

– A carta que não veio.

– Mais ou menos, me explica, não estou entendendo.
– Pois é, chegou.
– Sim, continuo não entendendo.
  Já estava ficando desesperado, vendo Dom Giovanni andar de um lado para o outro chorando e gesticulando sem conseguir se explicar.
– A NONNA!!
– O que é que tem a *Nonna*?
– A carta veio depois e não era da *Nonna*, era da tia Gina. Ela conta que a *Nonna* morreu. A *NONNA* MORREU!!... E sabe qual foi seu último desejo? Vir para o Brasil e ficar perto de nós. Pobre *Nonna*... Aí eles cremaram o corpo e enviaram.
– Eu sinto muito, Dom Giovanni. E quando chegam as cinzas?
– Já chegaram.
– E vocês vão fazer o quê?
– Nós vamos nos matar...
– Que é isso, Dom Giovanni, que ideia é essa?
  Foi aí que ouvi a coisa mais terrível que jamais ouvi em toda minha vida.
– Amigo, lembra ontem o pote de temperos raros?
– Sim, o que é que tem?
– Nós comemos a *Nonna* na pizza!...

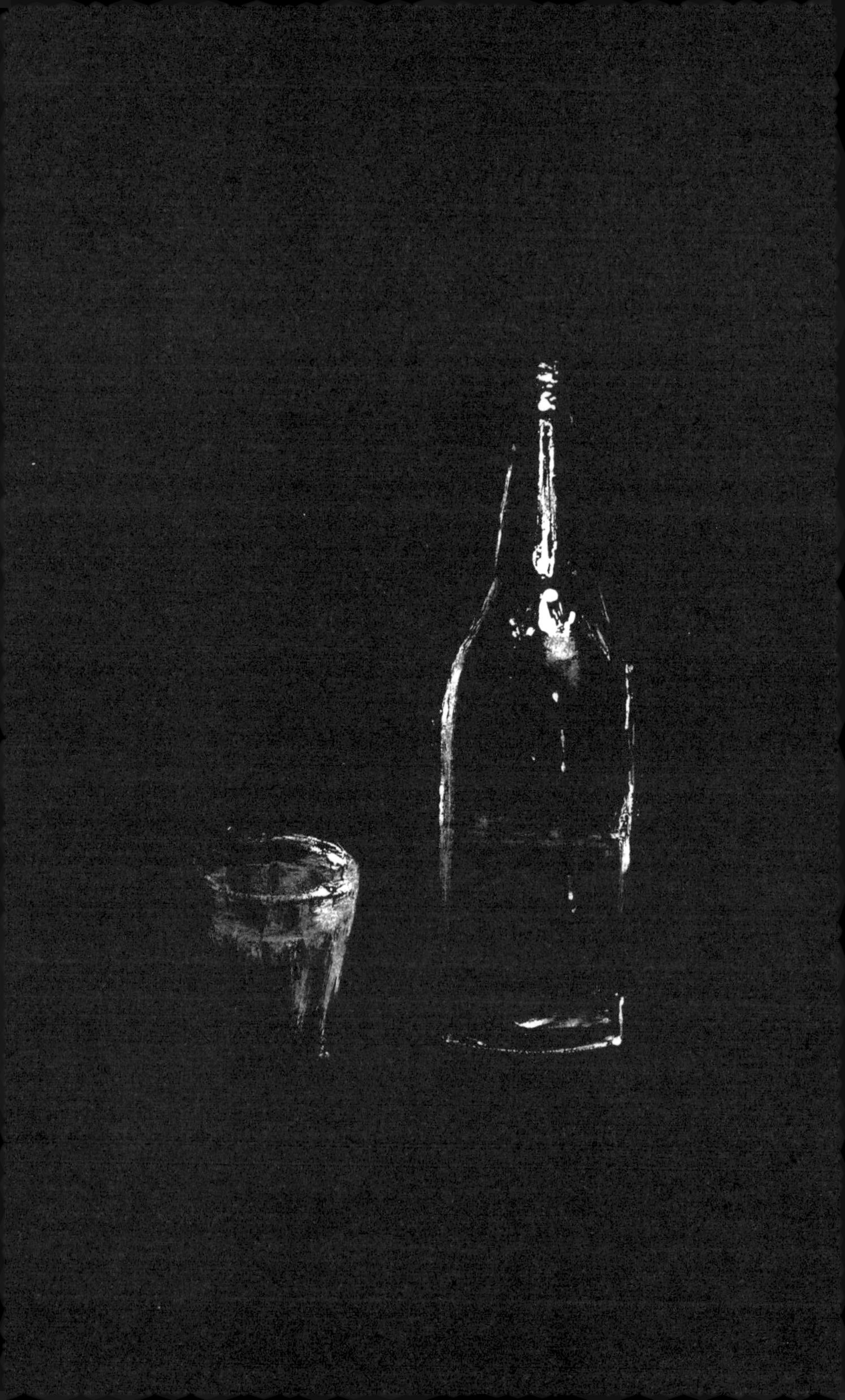

Um cara feliz tomando cerveja

A MUDANÇA

O caminhão já havia chegado. Alice, nervosa, andava de um lado para o outro escolhendo o lugar onde os móveis deveriam ficar, enquanto Roberto, em cima de uma escada, cantarolava tomando sua quinta cerveja, observando a água que ia lentamente inundando o banheiro. Quando no corre-corre Alice passou e viu Roberto, entrou em pânico.
– Pelo amor de Deus, o que é isso?
– O quê! Um cara feliz tomando cerveja.
– Você está maluco? A água inundando tudo e você bebendo e cantando? Não sei onde estava com a cabeça quando casei com um irresponsável igual a você.
– Calma, amor, sem *stress*.
Sem *stress*, é claro, pra você. Eu que me dane para arranjar tudo. Estou cheia disso. Vou ligar para uma empresa desentupidora senão daqui a pouco me afogo neste apartamento.
Se afoga sim, amorzinho. Depois sobe aqui na escada e toma uma comigo.
– Não me enche.

Não demorou muito e chegaram dois homens com um equipamento apropriado para desentupir ralos. Do alto da escada, Roberto, sorridente, puxava conversa. Depois de algum tempo conseguiram retirar o obstáculo que impedia a passagem da água. Incrédulos com o achado, puseram-se a examiná-lo e constataram ser uma enorme trança negra de cabelo natural.
– Este apartamento promete. Aqui deve ter coisa do arco-da-velha! Bem que achei este lugar com cara de assombrado.
– Para de inventar coisas, Roberto. Você sabe que detesto isso.
– Mas que coisas? Pode ser divertido. Já pensou se a dona da trança for um fantasma e vier buscá-la de noite? Imagine só

aquele vento frio no seu pescoço e aquela voz gemida dizendo Alice, Alice, cadê minha trança?

– Quer parar com isso? Realmente você tirou o dia para me irritar. Por que você não desce dessa porcaria de escada e vem fazer alguma coisa de útil?

– Liga não, gente, é TPM. Ela fica estressadinha, estressadinha.

O olhar fulminante de Alice fez Roberto descer da escada sem mais comentários.

Após pagar os desentupidores e dispensá-los, Alice ligou para a mãe para saber como estavam Thiago e Rafaela e dar notícias da mudança. Concluiu que seria melhor não trazer as crianças para casa até as coisas estarem complemente arrumadas, o que demorou alguns dias.

Foi uma semana horrível. Pelo menos por estarem de férias ela e o marido, podiam dedicar mais tempo à tarefa da arrumação.

Já tinham organizado quase tudo quando Roberto descobriu um armário no alto da parede com uma espécie de fundo falso. Forçou, forçou e acabou empurrando uma tábua que ocultava uma pasta enorme de papéis. Pareciam documentos. Com certo esforço conseguiu e retirou o que seria o início de uma série de acontecimentos estranhos.

Alicinha, corre aqui, vem ver a doideira que encontrei, um monte de documentos de venda de escravos.

– Você está brincando...

– Sério, incrível. Por que será que está tão escondido? Será que era do primeiro proprietário deste apartamento? Mas quem negociava com escravos, algum parente distante?

– Coisa esquisita, Beto, não estou gostando disso.

– Olha esse aqui: "vende-se negro forte, com bons dentes..."

– Não quero ouvir. Pega isso e dá para a Biblioteca Nacional.

– Mas de jeito nenhum. Quero ler tudo. Vou descobrir o que estes documentos faziam aqui.

– Assim não dá, eu mereço. Beto, sei quando uma coisa vai dar encrenca. Não estou gostando nada, nada, deste apartamento. Está começando a me dar arrepios.

– Que nada, pensa na emoção de conviver com fantasmas.

Para, não tem graça. Daqui a pouco as crianças vão chegar e você pelo amor de Deus nem brinca com esse assunto perto delas.

– Claro, fica tranquila. Sou doido, mas nem tanto.

– Não sei, não.

À noitinha as crianças chegaram com a avó. No alto de seus seis anos, Rafaela foi dando suas impressões favoráveis sobre a nova casa. Thiago, ao contrário. Assim que entrou começou a chorar e se agarrou à mãe.

– Que foi, meu amor, fala pra mamãe. Você está dodói?

– Tá não, mãe, ele tá é com saudade.

O garoto só fazia chorar. Ofereceram bala, carrinho, livro de historinha, e ele nada. Com o rosto enfiado no colo da mãe, se recusava a largá-la ou a parar de chorar.

– Meu Deus, Alice, o que será que deu no Thiaguinho? Ele estava tão bem.

– Fala pra vovó, Thiaguinho, o que você tem?

O menino então, com o rosto vermelho e suado, esticou a mãozinha em direção a uma parede vazia e balbuciou:

– A buxa, ela quer me pegar.

– Não tem bruxa não, querido, ninguém vai te pegar.

– Tem sim, mamãe, tem sim.

– Beto, o que é que faço?

– Vem com o papai, Thiaguinho, vamos passear. Vamos comprar pipoca. Você também vem, Rafaela.

Assim que Roberto saiu, Alice explicou à mãe, Dona

Vera, as coisas esquisitas que estavam acontecendo no apartamento. A mãe ouviu cabisbaixa, com ar tão preocupado, que Alice indagou se ela sabia de alguma coisa.

Depois de certa relutância, Dona Vera contou ter ficado sabendo que o menino que morava no andar de cima tinha morrido porque se atirou da janela brincando com o irmão. Haviam feito uma aposta para ver quem chegava primeiro. Com três anos, ele se atirou e morreu na calçada em frente ao prédio.

Diante do espanto de Alice, a mãe fez uma revelação ainda mais assustadora.

– A moça que morava aqui, no seu apartamento, se suicidou. Segundo os vizinhos, ela morreu desfigurada depois de se encharcar de álcool e atear fogo no corpo.

Por que você não me disse isso antes, mãe, pelo amor de Deus. Eu não teria comprado este apartamento...

– Como é que eu podia? Você esqueceu que quis fazer surpresa e só depois de fechar negócio foi que me contou? E também só depois é que fui saber dessa história.

– Deve ser por isso que o preço foi bom. Nem desconfiei. Pior é que não posso falar nada. O Beto disse claramente que discordava da compra. Estou perdida.

– Calma, filha, também não é assim. Você não pode ficar impressionada.

– Mãe, vou mandar rezar esse apartamento, isso sim. Amanhã mesmo vou falar com Dona Marta macumbeira. Dizem que ela recebe uma cigana fantástica.

– Sei não, Alice. Acho melhor você mesmo rezar, se apegar com Deus. Acho mais seguro.

– É, talvez você tenha razão. Ai, meu Deus, estou perdida.

Quando Roberto chegou com as crianças, Alice se esforçou para não demonstrar preocupação. Thiago brincava calmamente com Rafaela. Depois de algum tempo, Dona Vera

foi embora e em seguida todos foram dormir.
De madrugada acordaram com o choro de Rafaela e os gritos de Thiago. Quando Roberto e Alice entraram desesperados no quarto, encontraram o travesseiro, a roupa e o rosto de Thiago cobertos de sangue e ele com as mãozinhas sujas na boca. Rafaela, encolhida em cima da cama, chorava baixinho. Quando pegaram Thiago no colo, viram que seu nariz sangrava sem parar. Apavorado, Roberto correu para pegar gelo, enquanto Alice tentava tombar um pouco a cabeça do menino para trás. Com muito custo começaram a controlar o sangramento, mas não se atreviam a perguntar nada. Em seguida, foram atender Rafaela, que continuava chorando baixinho.

 Constataram então que a menina tinha vomitado e urinado na cama. Em silêncio, Alice pegou a filha nos braços, levou-a ao banheiro e deu-lhe banho. O resto da noite passaram à beira da cama dos filhos.

 No outro dia pela manhã, depois de muito jeitinho, conseguiram saber o que tinha acontecido. Rafaela disse que viu uma mulher toda de preto atravessar a porta fechada e falar pela sua garganta que ia matar seu irmão igual fez com o outro menino. Depois ela viu a mulher ir para cima de Thiago, e ele começou a gritar.

 Não precisou dizer mais nada. Naquele mesmo dia resolveram que iriam embora do apartamento. Colocaram os móveis num guarda-móveis, o apartamento à venda e foram morar na casa da mãe de Alice.

 Sem querer se aprofundar, Roberto entregou o documento da venda de escravos na Biblioteca Nacional, jogou a trança fora e não quis mais falar no assunto.

 Passado um mês, viram no jornal a notícia de que a menina do andar de baixo ao que tinham morado, sem ninguém saber porque, matou o irmão com a arma do pai e assustada se suicidou pulando pela janela.

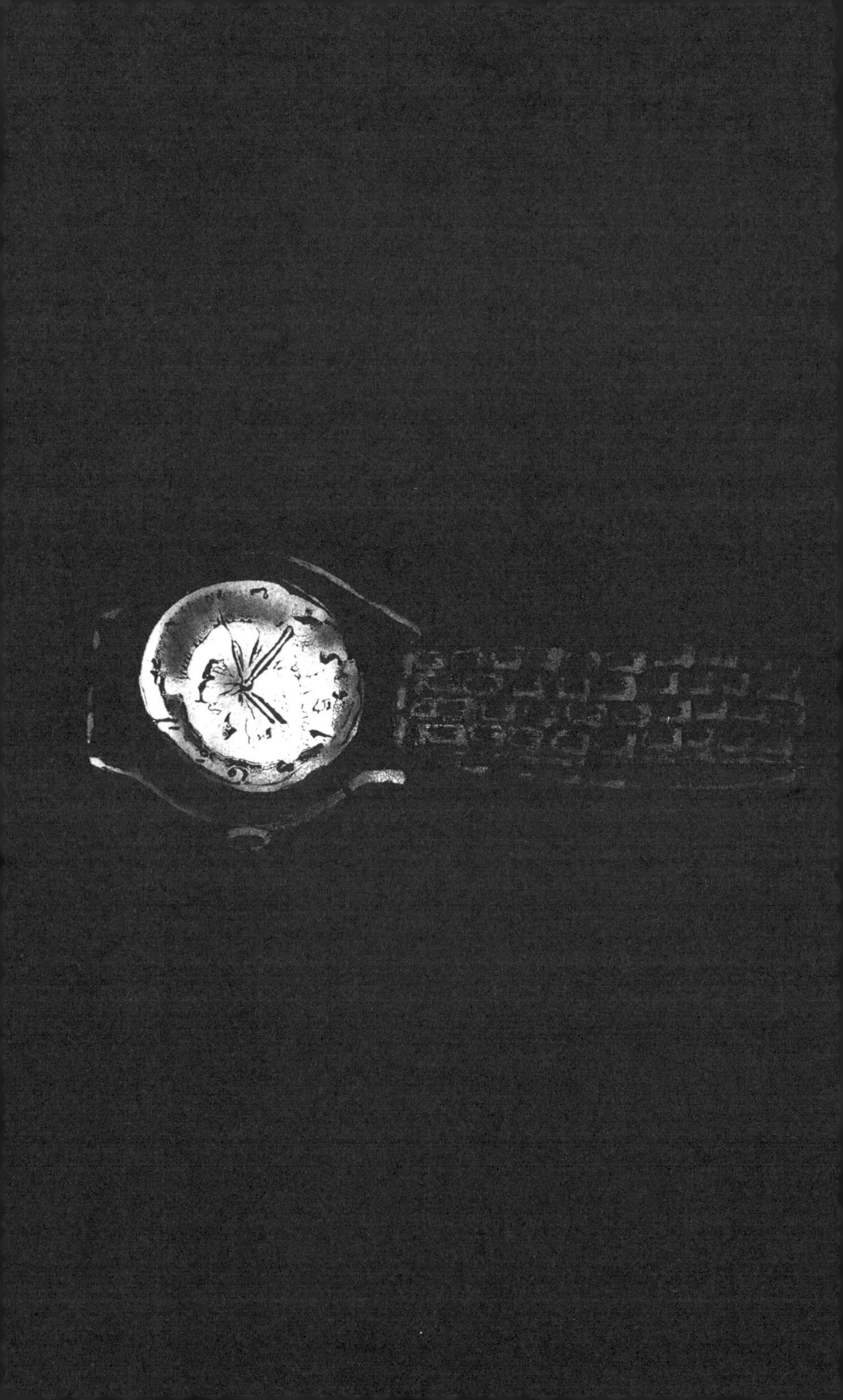

quando olhou para o braço, cadê o relógio?

Ai, quando o tinto quanto afemo na está braço, cade o re-

A DAMA DO SERTÃO

Era um daqueles dias em que Severa tinha amanhecido de mau humor. Quando era assim, nem mesmo eu, seu amigo há anos, me atrevia a chamá-la a não ser pelo nome completo, Severina. Nordestina decidida, era do tipo que não mandava recado. Resolvia tudo, como dizia, na "bucha". E por na bucha leia-se: tirar satisfação e não deixar nada por dizer, dando vazão total às suas emoções. No seu jeito forte de lidar com o mundo, cabiam xingamentos, lágrimas emocionadas e todas as manifestações tidas como excessivas por espíritos mais delicados. Era conhecida como "a dama do sertão."

E justo nesse dia que amanheceu "arretada", Severa precisou sair mais cedo para fazer o pagamento de uma conta que estava vencendo e chegar ainda em tempo ao escritório. Detestava se atrasar.

Pegou o primeiro ônibus que apareceu. Apesar de lotado, não teve escolha. E com cara de poucos amigos, procurou se ajeitar, como pode, entre os cotovelos aglomerados dos passageiros suados.

Como o trânsito estava extremamente lento, resolveu ver a hora para saber quanto tempo havia passado. Aí, quando olhou para o braço, cadê o relógio?

Com os olhos arregalados e furiosos, olhou a sua volta procurando instintivamente localizar o autor do delito. À sua esquerda estava um homem calvo, com pouco mais de um metro e meio de altura e um meio sorriso nos lábios. Não teve dúvidas. Era ele. O careca baixinho era o ladrão.

Sem titubear, pegou a bolsa pesada e metendo com força no peito do homem, falou forte entre os dentes:

– Me dá o meu relógio, seu inseto, antes que eu faça uma desgraceira..
– Como é que é?
– Meu relógio, seu inseto, rápido, não discute.

Diante dos olhos espumantes de Severa, o homem pegou o relógio e deu na mão dela, que, furiosa, jogou-o dentro da bolsa. Em seguida rapidamente fez sinal para que o ônibus parasse e, saltando apressada, seguiu a pé em direção ao trabalho.

Quando chegou toda suada e com aquela cara de poucos amigos, o pessoal ficou quieto aguardando que se acalmasse para dar a notícia do falecimento do porteiro, que ela simplesmente adorava.

Depois de xingar a cidade, o trânsito, a violência urbana, a falta de respeito dos cidadãos, ela ficou mais calma.

Foi então que D. Laura, a funcionária mais antiga e muito querida por todos, pôde dar a notícia para a dama do sertão. Com muito tato, se aproximou e foi tentando aos poucos informá-la do ocorrido. Como demorava a se explicar, Severa foi perdendo a paciência.

– O que é que foi que lhe deu, D. Laura? Por que a senhora está me olhando com essa cara de jerimum mal cozido? Que é que está acontecendo?

Dona Laura então falou o mais calmamente que conseguiu:
– O Everaldo, nosso amigo, se foi.
– Como assim se foi? Que é que a senhora está querendo dizer?
– Que o Everaldo foi dessa para uma melhor.
– O quê?? A senhora está querendo dizer que o meu santinho, meu conterrâneo de fé, morreu?
– Pois é, infelizmente.
– Nãooooooooooooooooooooo!Não é possível! Eu não acredito!

Os gritos foram ouvidos em todas as salas do andar. As pessoas suspeitavam da reação, mas não tinham uma ideia exata da capacidade vocal e pulmonar de Severa. Sem chorar, ela perguntou onde estava sendo velado o corpo, porque precisava ver o amigo de qualquer jeito.

As pessoas explicaram que o enterro seria à tarde no Cemitério da Boa Vista, mas que o corpo ainda não havia chegado à capela e que todos os funcionários estavam aguardando para irem juntos ao velório.

– Pois eu não espero é nada. Vou é agora mesmo. Meu amigo, não me conformo, não me conformo...

Desarvorada, Severa saiu pela porta afora e, sem que ninguém pudesse fazer nada, pegou um táxi e partiu para o cemitério.

Assim que chegou, foi correndo para a capela. Como não tinha certeza da hora, abriu a bolsa e pegou o relógio para conferir. Quando o segurou nas mãos e o olhou, arregalou os olhos, levou as mãos à cabeça e começou a falar em voz alta, para quem quisesse ouvir:

– Vixe, minha nossa Senhora, que esse relógio não é o meu. Meu Deus do céu, eu larguei o meu no banheiro lá de casa.

Ah! Minha virgem Maria! ...Assaltei o careca!

As pessoas a observavam sem entender grande coisa, enquanto ela chorava e falava:

– Vixe, Nossa Senhora, assaltei o careca....

Atordoada, Severina entrou na capela aos prantos. Ora lamentava o amigo Everaldo, ora o careca.... e duas vezes teve motivo para chorar. Pela morte do santinho e pela vergonheira de assaltar um inocente. E chorou, chorou tanto que comoveu a todos.

Depois de bastante tempo chorando e se lamentando, e sendo consolada pelos presentes, foi em soluços se aproximando do caixão para beijar a testa do amigo. E diante de todos, num ambiente de profunda comoção, Severa levantou o véu que cobria o rosto do falecido.

Em seguida, arregalando os olhos, gritou com cara de pavor:

– Vixe, minha mãe santíssima, que eu tô chorando o defunto errado! Valei-me, meu pai, que esse não é o meu santinho.

E diante do espanto dos presentes, a dama do sertão recolheu as lágrimas, enxugou o rosto e sem mais explicações saiu em busca da capela onde estava sendo velado seu amigo. Foi aí que da outra capela ouviu-se uma voz masculina gritar a pleno pulmões:

– Pega ladrão. Foi ela, pega essa mulher que ela roubou o meu relógio.

Diante do espanto geral, alguns homens presentes partiram para cima de Severa, que, assustada, começou a correr com as mãos para cima gritando:

– Valha, meu pai, meu padrinho padre Cícero, que eu sou inocente!

E disparada pelo cemitério afora, correu até ser alcançada pelos homens, que lhe tomaram a bolsa e, diante da prova do crime, a encaminharam para a delegacia.

Não consegui mais falar com Severa. Sei que não foi ao enterro, que passou a noite presa na delegacia e que dias depois se mudou definitivamente para o sertão.

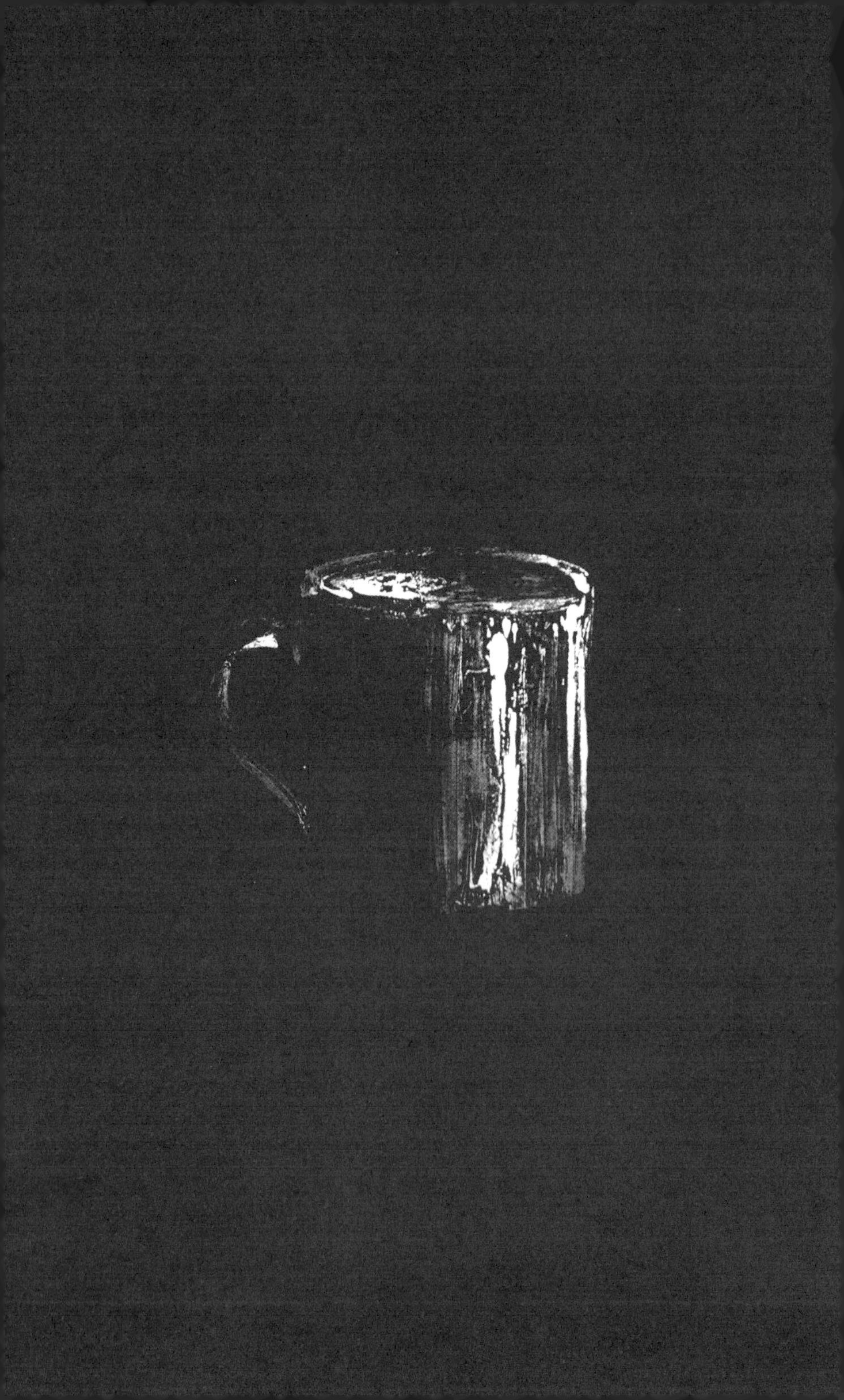

sempre com uma caneca de café na mão

UMA RELAÇÃO PERIGOSA

– Você é capaz de guardar segredo, Capilé?
– Sou sim, sinhô. Pode falar.
– Estou louco pela comadre Flor. Que olhos, que pernas, que tudo... Tenho que dar um jeito dela me querer. Tá na cara que ela só está casada com o compadre Zé da Motta por causa das fazendas. Um cabra velho e feio que nem ele e, além de tudo, gago! Não me conformo.
– Vosmecê tá é variando, Seu André. Fica pensando essas bobagem. Óia que o Capeta atenta e a desgraceira tá feita.
– Que desgraceira, Capilé, que desgraceira? Desgraceira é eu ficar aqui morrendo por causa dela e ela nem aí. Já fiz tudo para me mostrar e ela nada. Vou te dizer uma coisa: se eu pudesse fazia qualquer coisa para ter essa mulher comigo, até trato com o Demo.
– Cruz credo, Seu André, se a coisa tá assim, o senhor devia de procurar o Pai Frederico de Tucunaré.
– Procurar quem?
– Pai Frederico. Ele é dos bão. Faz tudo quanto é trabaio. Une, separa, arranja serviço, descobre tudo.
– E onde acho esse tal Pai Frederico?
– Uai, lá em Tucunaré.
– Tá certo, mas em que lugar de Tucunaré?
– Lá pros lado da Fazenda da Redonda. Se quiser levo o patrãozinho lá.
– Olha, Capilé, se alguém vier a saber disso, acabo com você.
– Tá doido, sô, claro que não falo.
– Quando é que a gente pode ir lá? Agora?
– Não, que ele só dá consulta na sexta-feira.
– Então sexta-feira nós vamos, porque aquela mulher vai ser minha.

— É, talvez vai mesmo.

Foram dois dias sofridos para André. Era insuportável, mas inevitável, ir à Fazenda do Zé da Motta. Cada vez que chegava perto da Flor, era de tremer as pernas. Ela de *shorts* curto e blusa amarrada na barriga, andava displicente por entre os canteiros da horta, colhendo verduras e cantando. Quando André puxava conversa, ela sorria, exibindo os dentes claros e o ar despreocupado.

O compadre Zé da Motta, sempre com uma caneca de café na mão, exibia sem pudor a barriga e a gagueira. Conversava sobre tudo. O gado, as pastagens, a preguiça dos empregados. Vez por outra, parava, tirava a botina, coçava os dedos do pé e logo depois cheirava a mão, como se aspirasse o mais puro perfume francês. Nessa ocasião André olhava para ver a expressão de Flor, tentando buscar algo que denunciasse nojo ou alguma espécie de rejeição. Ela nem aí. O que estivesse fazendo, continuava sem se deixar afetar.

Isso irritava André, porque quando ele se aproximava dela, para elogiar ou se fazer próximo, era tratado com distância, como se fosse um desconhecido, e percebia nela até certa cara de nojo. E, cá para nós, ele não era de se jogar fora, pelo menos nunca houve mulher que não o quisesse. A Flor era a primeira. Talvez por isso tivesse essa obsessão por ela.

Quando, finalmente, chegou a sexta-feira, mandou logo cedo chamar Capilé. Não demorou nada e o fiel empregado já estava na porta da sala.

— Mandou chamar, patrãozinho?
— Mandei. Vamos embora?
— Vamo pra donde?
— Como "vamo pra donde", seu tonto? Ver o tal Pai Frederico.
— Ah! Sim, meu patrão, mas num é agora. É só depois das oito da noite.

– Quanto tempo leva daqui até lá?

– Óia, patrãozinho, eu costumo de ir no lombo de Foguete, aí leva umas quatro hora.

– Nós vamos de jipe, Capilé.

– Ah, bão! Aí nós vamo precisar de umas meia hora por causa de que o caminho tem muito buraco.

– Muito bem, às sete horas quero você aqui.

– Tá certo, eu venho.

E assim foi feito. Saíram da fazenda às sete horas. Pelo caminho André ia procurando se informar de como era o atendimento de Pai Frederico, se ia muita gente, se ele podia ser visto por algum mexeriqueiro que pudesse fazer fofoca com o nome dele, e por aí vai. Capilé ia respondendo as perguntas e procurando tranquilizar o patrão, que se mostrava bastante apreensivo. O caminho era ruim porque a estradinha de terra era estreita e, para complicar, começava a cair uma forte chuva, que ia aos poucos inundando o caminho. Estava muito escuro.

– Você tem certeza que o caminho é este, Capilé?

– Tenho sim, patrãozinho, já estamos quase chegando.

– Se a chuva continuar, vamos ter que colocar as correntes nas rodas para o jipe não atolar.

– É verdade. Alá, patrãozinho, tá vendo aquela luz? É ali naquele rancho.

André viu ao longe a luz fraca da cabana de Pai Frederico. Não demorou e já estavam perto da entrada. Pararam o jipe e seguiram um pequeno trecho a pé até a porta da cabana. Foram recebidos por uma mulher vestida com uma roupa colorida e muitos colares, que informou que a sessão ainda não havia começado. Mandou que André e Capilé entrassem e aguardassem num banco de madeira. Não demorou muito e começou a batida de tambores e canto anunciando a chegada de Pai Frederico. Não fosse o desejo desesperado de conquistar a comadre, e ele já estaria longe dali. Mas ficou firme. Depois de algum tempo foi atendido. Quando chegou perto, Pai Frederico foi logo dizendo:

– He! He! Já vi que seu caso é rabo de saia.

– É sim, senhor, disse André beirando a humildade.

– É que estou doido pela minha comadre, mas ela não quer saber de mim.

– Suncê quer que eu resolva, né?

– É, né, gostaria muito.

– Tá certo. Suncê vai fazer tudo que eu mandá?

– Vou, pode ter certeza.

– Tá certo. Suncê vai matar um boi dos grande. Depois vai pegá o trazeiro dele e dá sete taio. Depois vai pegá o pedaço com os sete taio e vai botá esse preparado aqui. Assa a carne e leva para ela cumê e depois some das vista dela e não vorta mais na fazenda por sete dia. Quando os sete dia completá, ela vai tá toda enrabichada por suncê.

– Olha, nem sei como agradecer.

– Tá certo, tá certo.

Depois suncê vorta aqui pra contá como é que foi.

André saiu eufórico e Capilé satisfeito por ver o patrão feliz. A viagem de volta foi rápida. Não houve lama ou dificuldade que chamasse a atenção de André. Sua mente estava ocupada com os planos para o dia seguinte.

– Amanhã bem cedo, Capilé, quero que você vá junto comigo escolher o animal para o abate.

– Pode deixar, patrãozinho, pode deixar.

Assim que chegaram de volta à fazenda e atravessaram a porteira, foram recebidos pelos cachorros Furão, Chorão, Balalaica, Birosca e Campeão. Era a tropa de elite de André, cães de guarda e de caça, que funcionavam como fiscais da fazenda. Vez por outra aparecia um vira-lata vindo de outros lugares, mas eram visitantes esporádicos. Às vezes ficavam na fazenda, às vezes não.

André ia feliz brincando com os animais, que seguiam o jipe, latindo e fazendo festas. Passado um tempo de mais recomendações a Capilé, André foi se deitar, aguardando o novo dia. Passou a noite rolando na cama. Ficou pensando em tudo que estava prestes a fazer. Há muito decidia seu destino sozinho. Desde a morte dos pais, ele administrava a fazenda. Nunca quis se casar. Eram tantas as pretendentes que ele nunca se animou. Agora, quem diria, estava ali, prestes a fazer macumba para conquistar uma mulher. A que ponto tinha chegado! Mas não iria recuar agora. Isso é que não. E, tentando manter o pensamento firme, viu o dia clarear. Então se levantou. Eram cinco horas da manhã. Tinha combinado com Capilé às seis. Tomou um banho frio e foi para a cozinha tomar o café da manhã.

Não demorou muito, o fiel empregado chegou. Animados, foram em busca do boi perfeito para o trabalho. Não tiveram muita dificuldade na escolha. Então foi só chamar os empregados e começar a cerimônia. Morto o animal, André disfarçadamente seguiu as instruções de Pai Frederico.

Por volta do meio-dia, eufórico, chegou à fazenda do Compadre Zé da Motta. O compadre ainda não tinha chegado para o almoço. Ele, contente com sua sorte, entregou a carne nas mãos da comadre, que pela primeira vez olhou de um jeito diferente para ele. Parecia mais gentil, mais atenciosa que de costume. Ele se despediu e voltou rápido para casa.

No caminho foi pensando no comportamento da comadre. Só de segurar a carne ela já estava diferente. Quando comesse, então, não queria nem imaginar. Chegou e mandou logo servir sua refeição. Almoçou como nunca. Depois foi tirar um cochilo na rede.

Acordou com alguém lambendo sua mão. Abriu os olhos e deu de cara com um vira-lata. Deu um berro como o cachorro, que rapidamente saiu de perto, e voltou a dormir.

Muito tempo depois, acordou. Aí se levantou para cuidar de suas tarefas. Quando foi verificar o serviço dos empregados, viu de novo o vira-lata, que veio em sua direção, fazendo festinhas. Desta vez não gritou. Fez-lhe um carinho na cabeça e continuou andando. O animal o seguiu. Mandou que Capilé desse alguma comida para ele.

– Essa cachorrada vem parar aqui porque eu acho que um conta pro outro que o patrãozinho dá moleza.

– Não gosto de maltratar animal, você sabe disso, Capilé.

– Tô brincando. Até que essa vira-lata é bonitinha.

– Olha, Capilé, fale com o Argemiro para passar o trator no capoeirão para o plantio da soja. Depois reúna os homens, pois quero falar com eles.

– Tá certo, patrãozinho, já tô indo.

André foi caminhando até a casa para apanhar uns papéis. Depois sentou na varanda enquanto os organizava. O vira-lata ao lado dele acompanhava seus movimentos. Isso foi o resto do dia e os outros que se seguiram.

André morria de vontade de ir à fazenda do compadre, mas não tinha coragem. Precisava esperar os sete dias. Enquanto isso, perambulava pela fazenda. Não conseguia se concentrar. Passava o dia andando meio sem rumo ou brincando com os cachorros. O mais novo companheiro era a vira-lata que André, com o olhar mais atento, viu ser a vira-lata, que dividia com Furão, Chorão e Balalaica, seus preferidos, a atenção do novo dono. Talvez, por instinto, os animais percebessem a tristeza de André e fizessem tudo para alegrá-lo. A vira-lata se destacava no companheirismo e atenção. Vivia atrás de André. Pulando, lambendo suas mãos e mordendo suas botas. Quando ele estava dormindo na rede, acordava com ela pulando em cima dele e lambendo sua cara. Resolveu passar a chamá-la de Espoleta. Aonde ele ia Espoleta ia atrás.

Ganhou tanto a confiança de André, que foi o único cachorro da fazenda que conseguiu dormir no quarto com o dono.

Passados os sete dias, André se preparou para ir à fazenda da comadre. Sabia o horário que o compadre estava na lida. Escolheu a hora certa. Arrumou-se todo, se perfumou, pegou o jipe e partiu. Para sua surpresa, Espoleta foi atrás no banco do jipe. André nem viu quando ela entrou. Não se importou e, feliz, seguiu para o encontro esperado.

Assim que chegou, se fez anunciar. Não demorou e a comadre apareceu. Vinha mais linda do que nunca. Ao vê-la, seu coração disparou. Ele já sentia nos lábios o gosto do beijo apaixonado, quando a comadre abriu aquele seu sorriso claro.

– Oi, compadre, tudo bem? Entra, vamos sentando.

– Pelo que estou vendo a fujona está com você.

– Que fujona?

– Essa danada da Catita.

– Catita, que Catita?

– Esta cachorra que está com você.

– Pode ficar com ela que eu e o Zé não queremos saber de cachorro ladrão. Imagine o compadre que essa sem-vergonha pegou a carne que o compadre me deu, comeu todinha e fugiu daqui.

André olhou apavorado para a comadre e para Catita, vulgo Espoleta. A cachorra, então, sem a menor cerimônia, pulou em seu colo, olhou nos seus olhos e deu uma enorme lambida em sua boca.

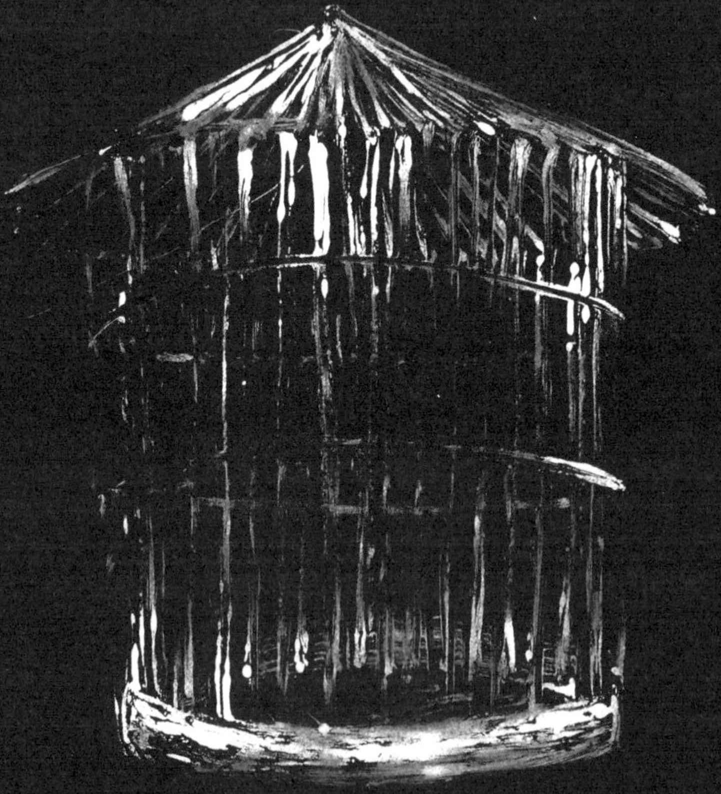

na parte de bai-
xo da gaiola

O CHEIRO DA MORTE

Se não tirasse dez, seria injustiça. Só aquela capa com o herói grego em branco, sobre a cartolina preta, estava deslumbrante. Está certo que tinha copiado grande parte do conteúdo igualzinho ao do livro, mas o que aquele chato daquele professor queria? Com aquelas aulas horrorosas, estava mais do que excelente o que tinha feito. E afinal ele não iria ler mesmo.

Com firmeza Luana entrou no ônibus 273, que a levaria ao colégio, com o trabalho nos braços como se fosse um objeto raro. Sentou-se no banco lateral perto do trocador para não ter que caminhar dentro do ônibus e correr o risco de se desequilibrar e cair. Vãos cuidados. Na primeira freada brusca ela desabou no chão, e com ela o precioso resultado de um dia de dedicação.

Furiosa, levantou-se com a ajuda de um passageiro e só não xingou o motorista por timidez. Sentou-se novamente e desta vez só se levantou para saltar em frente à escola. Não se demorou nada. Entregou o bendito trabalho e voltou para casa com o alívio de que no outro dia já estaria de férias.

Assim que chegou em casa, tocou a campainha da área de serviço. Queria evitar as gracinhas costumeiras de sua irmã Larissa que sempre gritava para irritar:

– Serviçais só pela porta da cozinha!...

Estava entrando de férias e isso significava ver o Edu todo dia. Não valia a pena se estressar à toa. Assim que entrou, sentiu que alguma coisa estranha estava acontecendo. Havia um cheiro ruim que não conseguia identificar, e que ia impregnando suas narinas.

Encontrou Lorato, seu papagaio de estimação, arfando na parte de baixo da gaiola com as asas abertas e os olhos que nem duas bolas de fogo. Parecia que tinha medo, ou que procurava se defender de alguma coisa. Não dava pra entender, porque nunca o tinha visto assim.

Sem sucesso, tentou brincar com o bicho, que parecia não a reconhecer. Foi para a sala e encontrou sua mãe toda feliz com a visita de uma amiga que não via há muitos anos. Se o cheiro na cozinha era forte, na sala era insuportável. Luana ficou sem graça, com o receio da má impressão que a amiga da mãe pudesse ter delas. Pensou logo na Larissa. Será que tinha aprontado uma das dela? Só faltava ela ter feito mais uma de suas experiências químicas e ter espalhado aquela catinga pela casa toda. Na última conseguiu fazer explodir o guarda-roupas de madrugada, o que além de quase matar a família de susto, estragara as roupas de Luana. Tinha que descobrir o que estava acontecendo. Deu um sorriso amarelo para a amiga da mãe, que parecia ter perdido a capacidade olfativa, tal sua naturalidade, pediu licença e foi direto para o quarto de Larissa.

Dessa vez entrou estressada a fim de xingar muito a irmã. Não a encontrou. Quando passou pela porta do quarto da mãe, viu Larissa deitada com a cabeça coberta. Foi logo inquirindo:

– Qual é a sua, Larissa, quer matar a gente de vergonha? Que diacho de cheiro é esse? O que a Dona Marta vai pensar? No mínimo que somos um bando de porcas. Larissa, ô, não finge que está dormindo não, estou falando com você.

Aos poucos Larissa foi descobrindo a cabeça e não tinha ar de sono. Estava trêmula e apavorada.

– Não fui eu, Lu, não fui, juro. Quando cheguei do colégio já encontrei esse cheiro pavoroso. Mas não só isso, vi um vulto negro na área de serviço. Acendi a luz e não tinha nada, só o Lorato apavorado.

– Ai, meu Deus do céu! Que será que está acontecendo?

– E esse cheiro de podre, Lu?
– Não é cheiro de podre assim comum, é alguma substância que não sei o que é.
– Pior é que você está certa.
– Esse cheiro é meio ácido, esquisito.

Nesse momento Dona Laura entra no quarto chamando as filhas para se despedirem da amiga. Luana dá a mão para a irmã, puxando-a para fora da cama.

– Vamos lá, coragem, levanta!

Não se demoraram nas despedidas. Para espanto das duas, assim que Dona Marta saiu, o cheiro desapareceu.

– Mãe, mas que cheiro é esse? O que será que Dona Marta passou no corpo?
– Cheiro, que cheiro, Larissa? Do que é que você está falando?
– Mãe, você não sentiu esse fedô, não é possível.
– De que é que vocês estão falando?
– De quê? Do cheiro ácido e estranho na casa toda. E não é só isso, esse clima meio estranho, trevoso. Até o Lorato está apavorado.
– Ô Lu, não inventa. Você fica com suas maluquices e ainda arrasta a sua irmã para suas fantasias. Você devia ser escritora. Que imaginação!

E saindo sem dar muito conversa, Dona Laura foi para seu quarto.

– Não adianta, Larissa. Mamãe não acredita em nada que não veja. É a mania de São Tomé.
– Pra dizer a verdade, Lu, não estou a fim de ficar aprofundando esse troço não. Vou dormir, que é o melhor que faço. Acho que você devia fazer a mesma coisa.

Luana não disse mais nada. Limitou-se a dar boa-noite à irmã e em seguida foi para a área de serviço ver o papagaio.

Parece que ele tinha ouvido a conversa de Larissa, pois já estava calmamente dormindo em seu poleiro.

    No outro dia, às seis horas da manhã, acordaram com o toque insistente do telefone. Do outro lado da linha informaram que Dona Marta tinha sido encontrada morta no quarto do hotel.

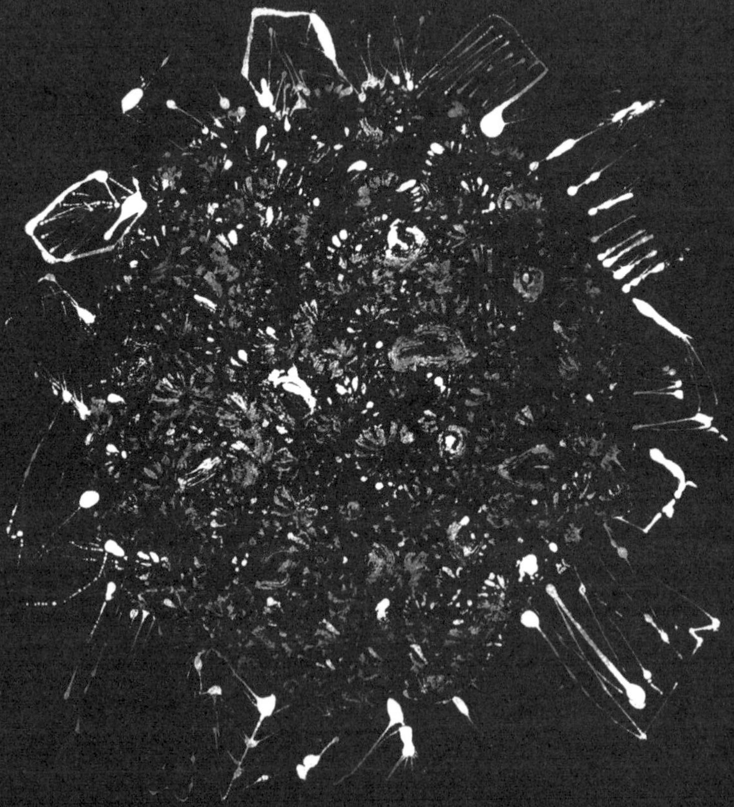

cheia de
flores e de gente

O PRANTEADOR

Não havia dia que ele passasse sem ir ao cemitério do bairro chorar os mortos. Levantava, tomava sua primeira cachaça no bar da esquina, conversava com companheiros de copo, depois fazia alguns biscates para ganhar dinheiro. Quando ia dando à tardinha, vestia um terno preto e partia para o cemitério para chorar os mortos.

Geralmente escolhia para chorar o morto cuja capela estivesse mais cheia. Entrava, debruçava-se sobre o caixão do desconhecido e chorava compulsivamente. Em seguida discursava soluçando sobre as virtudes do morto e só encerrava seu pranto quando a campa do falecido era lacrada. Era conhecido por todos os coveiros como o Zé do Choro.

Certo dia aconteceu um tiroteio no morro entre policiais e traficantes, e um policial muito querido dos colegas morrera em combate. O fato virou notícia de jornal, o que provocou uma mobilização muito grande em relação ao caso.

Os colegas da corporação planejaram prestar as últimas homenagens da maneira mais bela possível e não economizaram esforços para isso. Nunca se viu naquele cemitério capela tão cheia de flores e de gente. Havia uma verdadeira multidão. Alguns prestando homenagem, outros só matando a curiosidade. O fato é que até na rua se fez refletir o movimento. Carros e mais carros da polícia ocupavam a frente e as laterais do cemitério.

Zé do Choro, ao conversar com os companheiros de copo pela manhã, soube da história do tiroteio. Ouviu-a com os olhos brilhando. Depois, seguindo sua rotina, foi arranjar uns biscates para fazer. Quando deram cinco horas da tarde, ansioso, ele vestiu o terno, tomou o último gole de cachaça do dia e partiu para o cemitério. Assim que chegou, foi direto para a capela, onde estava sendo velado o policial. Havia um volume enorme de pessoas. Policiais fardados e à paisana protegiam os familiares do morto. Zé do Choro tentava se aproximar com esforço, sem muito resultado. Até que de repente ouviu-se um grito terrível:

– Nãooooooooooooooooo! Nãooooooooooooooo! O que fizeram com você!!!!

Todos olharam assustados para ver quem chegava portando tanta dor e sofrimento pela perda do policial. Fez-se um grande silêncio só rompido pelos soluços de Zé do Choro. As pessoas foram se afastando consternadas para permitir que ele chegasse perto de seu morto tão querido. E então, começou a sessão de choro e discurso. A certa altura um policial perguntou a um colega de corporação:

– Você conhece esse sujeito, Fernandes?

– Negativo.

– Estranho esse comportamento dele, você não acha?

– Afirmativo.

– Vamos ficar de olho nesse cara.

– Positivo e operante. E assim ficaram até que chegou a hora de fechar o caixão. Quando os funcionários do cemitério se aproximaram, Zé do Choro começou a gritar para que não levassem seu amigo, que o deixassem ali, pois ele não estava morto, era um engano. Com muito custo conseguiram afastá-lo para poder realizar o enterro.

Formou-se uma espécie de procissão que seguia o corpo levado pelos amigos e familiares. Na frente de todos, chorando e gesticulando, seguia o Zé do Choro.

– Fernandes, estou ficando cheio desse cara.

– Calma, Duarte, vai ver o cara é meio doido.

– Que mané doido, que nada! Ele está é com a cara cheia!

Vou ficar lá perto dele para ver se ele para com essa palhaçada.

– Ah, Duarte, pega leve. Vai ver o cara tá é sofrendo e bebeu por causa disso.

– Sei não! Vou colar nesse sujeito. Daqui a pouco te encontro.

Sem cara de muitos amigos, o sargento Duarte se aproximou de Zé do Choro, que mais comovido ficou com sua presença.

– Ah! Seu guarda, que sofrimento, que sofrimento.

O sargento Duarte se limitava a olhar sério para ele.

Passados alguns minutos, chegaram em frente à campa onde deveria ser enterrado o corpo. Escurecia rapidamente e a iluminação era precária porque a lâmpada no poste mais próximo estava queimada. Os coveiros que iam preparando o caixão para baixar à sepultura se entreolhavam, preocupados com a escuridão que aumentava. Surpreendentemente, o Zé parou de chorar e assim ficou até que começaram a jogar as primeiras pás de terra. Aí ele retomou a choradeira gritando desesperado:

– Eu quero ir no lugar dele, me deixem ir no lugar dele...

O sargento, irritado, pegou o Zé do choro pelo braço e pediu que ele se acalmasse, mas quanto mais ele pedia, mais o Zé berrava que queria ir no lugar do morto. Aí o sargento se descontrolou e falou baixinho no ouvido do Zé:

– Você quer ir, não quer, seu desgraçado? Então vai.

E pegando o Zé pelo casaco, o jogou dentro da cova em cima do caixão e com uma pá começou a jogar terra. Dada a rapidez com que agiu e a insuficiência de iluminação não deu para as pessoas em volta perceberem o que estava acontecendo.

O Zé, atordoado, com o corpo e a boca cheios de terra, levantou feito doido e começou a gritar com a voz engasgada:

– Não me enterrem, estou vivo, estou vivo!

E com uma agilidade incomum, deu um pulo para fora da

sepultura e continuou a gritar desesperado de braços abertos.

– Eu estou vivo, eu estou vivo!

Aí começou o corre-corre e a gritaria de que o morto ressuscitara. Cada um corria para um lado. Muitos, inclusive o Zé, iam em direção ao portão do cemitério. E o que se via era o Zé tremendo de medo, com o corpo cheio de terra, correndo atrás da multidão, e o sargento Duarte furioso correndo atrás dele.

Depois desse dia, ninguém sabe ao certo o que aconteceu. O fato é que o Zé do Choro sumiu pra sempre, sem deixar vestígios.

- - -

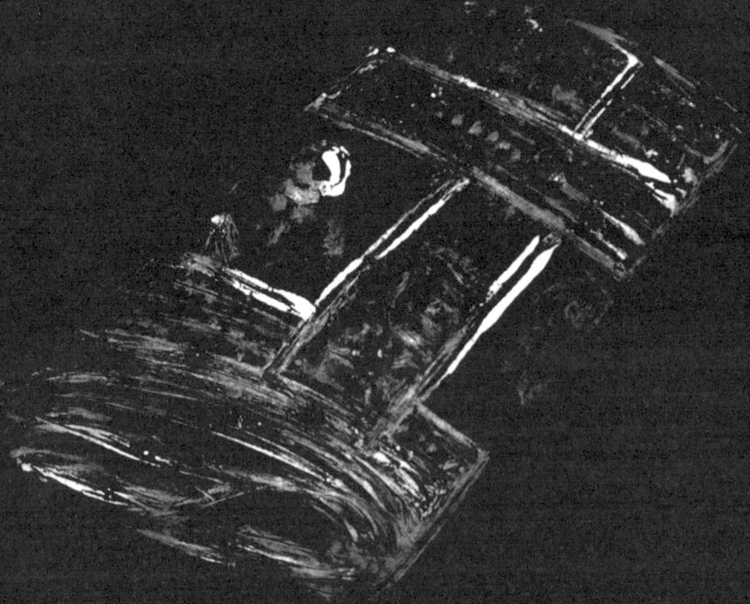

jornal   pego o gordo

O DIA EM QUE AMADEUS DESCEU DO CÉU

Domingo de chuva. Com a preguiça costumeira nesses dias, pego o gordo jornal e me esparramo no sofá para ler o mundo, da maneira mais confortável possível. E entre corrupções, crimes assaltos e sequestros, encontro uma matéria que, apesar de seguir a trilha da violência cotidiana, me chama atenção de uma forma estranha: JOVENS FAZEM DO BAILE "FUNK" PONTO DE ENCONTRO PARA ASSALTOS.

Começo a sentir um mal-estar incomum e imotivado. Afinal, sou carioca, leitor assíduo dos jornais do país, pessoa informada e como tal já portador de satisfatória imunidade ao trágico.

Preocupado, fechei os olhos e o jornal, procurando entender o coração que começou a bater meio esquisito, como que ao contrário. Minha mente, temendo um possível ataque comandou:

Deixa de ser fresco, João, crise de "piti" é coisa de mulher.
– Acho que estou enfartando.
– Que "mané" enfartando, isso é frescura no duro.

O desespero começou a aumentar e fui ficando cheio de suor e agonia. Não conseguia pensar em nada, nem entender o que estava acontecendo. De tão fechados, meus olhos já estavam espremidos, quando comecei a insistir em me perguntar: "Por quê? Por que o fato de jovens fazerem de bailes ponto de encontro para assaltos poderia me incomodar tanto? A mim, cidadão brasileiro, terceiro-mundista, sofredor profissional!"

Foi aí que imagens foram pouco a pouco se delineando em minha mente. E eu me vi sentado no chão, em meio a muitas pessoas, de várias cores e visivelmente de várias dores. Era uma tarde de domingo, pôr do sol. Gente por todos os lados. À minha frente um palco imenso onde se lia: *Projeto Aquarius:*

200 anos de Mozart. Lembro-me da música cortando o ar e as almas. Lembro-me de uma emoção que, cada vez mais silenciosa, ia se instalando. Lembro-me de rostos. Lembro-me de que recordei naquele momento do tão malfalado brasileiro inculto e mal-educado, violento e virulento, que não respondia ao que se presenciava ali. Pessoas educadas e emocionadas, mal vestidas e emocionadas, talvez mal alimentadas, mas emocionadas. Incultas? Emocionadas.

Lembro-me da energia de Mozart cada vez mais intensa tomando conta do ambiente. Lembro-me da emoção do maestro, dos músicos, de todos os participantes. Lembro-me do *Réquiem* e dos momentos finais. Ao meu lado, uma pessoa chorando.

Aperto os olhos mais e mais em busca da imagem reveladora. Um garoto. É um garoto de aproximadamente treze anos, que, silencioso e discreto, enxugava as lágrimas com as palmas das mãos. Esse garoto reflete em mim naquele momento toda a força da música, toda a força da arte, capazes de unir acalmar e fazer surgir o melhor de nossa natureza. E eu comecei a acreditar num mundo bonito, intenso, e sabia que não estava sozinho. Cada rosto que eu olhava, fortalecia minha crença.

Os jovens ali, em grande número, não se mostravam hostis, agressivos ou dispostos a qualquer ato de violência. Estavam sob encantamento.

Enxuguei meu rosto suado. Tinha finalmente chegado ao porquê da minha vertigem. Era isso, foi a comparação rápida entre dois momentos humanos tão distintos a responsável pelo mal-estar provocado pela notícia. Foi a dificuldade inconsciente de olhar para o trágico como definitivo, por entender numa fração de segundos a possibilidade redentora da arte.

Os jovens são sempre os mesmos, os homens são sempre os

mesmos. Violência, amor, ódio, paixão são sempre questão de estímulo.

Foi isso que Amadeus me revelou naquela tarde da Quinta da Boa Vista, e só agora eu entendia. Abri os olhos devagar. Tudo branco e embaçado. O sorriso de minha namorada, um beijo. Aos poucos pronunciei as primeiras palavras. Queria saber onde estava. Outro beijo, desta vez do meu filho, com a informação que agora estava tudo bem. Dias depois fui informado que havia passado vinte dias internado, em estado de coma.

Ieda de Oliveira é doutora em Letras pela USP com a tese: O contrato de comunicação da literatura infantil e juvenil, ed. Nova Fronteira, pela qual recebeu os prêmios Altamente Recomendável da FNLIJ e José Guilherme Merquior de crítica literária da UBE.

Escritora com várias obras publicadas de ficção e teóricas, entre elas: "Emmanuela", ed. Saraiva, finalista do prêmio Espace Enfants, na Suiça e ganhadora do prêmio Adolfo Aizen de Lit. Infantil, e o teórico "O que é qualidade em literatura infantil e juvenil com a palavra o escritor", ganhador do Altamente Recomendável da FNLIJ e referência nos estudos de literatura infantil e juvenil.

Seus livros de literatura têm sido adquiridos por programas de governo.

WEBBLOG.IEDADEOLIVEIRA.COM
WWW.IEDADEOLIVEIRA.COM

Alexandre Teles é desenhista e artista gráfico. Ilustrou para a Editora Biruta a série Alimentação Saudável, de Almir Correia, o livro "Uma história e mais outra e mais outra", de Jorge Miguel Marinho, e a coleção Marrom de Terra, de Lia Zatz.

WWW.BARCADOSLOUCOS.BLOGSPOT.COM